AF390751

CES DAMES DE LESBOS

Nouvelles érotiques

Écrit par
Renée Dunan

RETROUVEZ TOUS NOS GRANDS CLASSIQUES ÉROTIQUES
GRANDS classiques .com
LE ROMAN DE VIOLETTE
Un roman érotique
Marquise de Mannoury
GRANDS classiques
AMOURS SECRÈTES D'UN GENTLEMAN
Un roman érotique
Edward Sellon
LES EXPLOITS D'UN JEUNE DON JUAN
Guillaume Apollinaire
LES CONCUBINES DE LA DIRECTRICE
sur www.grandsclassiques.com

LESBOS

Lesbos, terre des nuits chaudes et langoureuses,
Qui font qu'à leur miroir, stérile volupté,
Les femmes aux yeux creux, de leur corps amoureuses,
Caressent les fruits mûrs de leur nubilité…

Ainsi s'exprimait, parlant de l'île illustre où florissait jadis l'amour féminin, le poète Charles Baudelaire, dans ses Fleurs du Mal.

Lesbos ! A ce nom s'élèvent et tournoient dans l'air les blanches colombes d'Aphrodite. Les jeunes filles sentent un frisson courir sur leurs membres, et les historiens vieillis dans les souvenirs d'un passé lointain et bien aboli croient voir reparaître, suivant le cortège des vierges sacrées, l'image de Psappha, l'admirable poétesse aimée des adolescentes.

Dans les sentes de l'île fameuse, peuplée de beaux arbres, de demeures agrestes et de pâturages harmonieux, voilà encore que se devinent les belles filles rêveuses, deux à deux enlacées, car la tradition et le souvenir toujours vivants des humains attribuent à Lesbos comme une parure et une gloire cette passion étrange des femmes entre elles.

Mais avant la poétesse qui devait pousser immortellement le cri de l'amour stérile et interdit – celle qu'on apprit à nommer Sapho – les habitantes de Lesbos avaient déjà le goût des caresses féminines, et, sans chasser les mâles, les tenaient hors de leurs amours.

Aussi les Grecs nommaient-ils l'amour sans hommes d'un nom qui le situe dans l'espace. Ils disaient Lesbiadzein. Plus tard, on a semblablement dit l'amour saphique. Pourtant, ne faut-il point croire que les demoiselles et dames dites de Lesbos aient exclusivement vécu autour de Mithylène, les villes de l'île Lesbienne, sise près de la côte asiatique, à deux pas de l'entrée des Dardanelles ?

L'amour unisexuel fut de tous temps et son attente accompagnait déjà le premier frisson humain de volupté. Nous allons donc tenter de donner idée des formes curieuses prises par lui à travers le temps.

PREMIÈRE PARTIE
LES LÉGENDES

1
Aux temps primitifs

C'est il y a trente mille ans. Près d'une forêt dense et sombre, la tribu des filles de la Louve se tient dans une vaste caverne aux grottes et souterrains innombrables. Voilà des siècles et des siècles que les filles de la Louve, femmes groupées en un clan rigide, vivent à l'écart des hommes qu'elles ne rejoignent qu'une fois l'an, lorsque les nouvelles pousses viennent aux arbres. Elles s'enfuient ensuite vers leur demeure inexpugnable, portant dans leurs seins les fruits d'unions brutales et sans volupté. Des enfants qui viennent, elles tuent les mâles et éduquent les femelles selon leurs règles dures.

Elles en font des chasseresses audacieuses comme elles-mêmes, des guerrières qui se mesurent sans crainte avec les grands fauves, et qui apportent sur leur dos robuste la bête quotidiennement tuée, pour nourrir les vieilles et les enfants. Dans la tribu, il en est pourtant que la faiblesse retient constamment près des feux du gîte. Celles-là ont d'autres soucis.

On leur a transmis, en effet, un art de la volupté. C'est que les filles de la Louve n'éprouvent point d'émotion avec l'homme, mais vibrent, comme des feuilles sous le vent, aux caresses délicates de celles de leurs sœurs qui sont, en cette tribu, chargées de l'amour et de ses joies.

Or, ce matin-là, Doa la rousse, avant de partir pour la

chasse, essayait distraitement l'épieu qu'elle projetait à l'accoutumée, comme une force de la nature, au thorax des bêtes hargneuses, les mettant toujours à mort d'un seul coup. Elle pensait aux joies que lui avait offertes la veille la douce Adir, la plus habile des donneuses de délices. Et Doa regrettait de partir se battre avec l'ours ou l'auroch, quand il eût été si charmant de reposer, avec Adir à la peau blanche et douce, dans la grotte mystérieuse, tapissée de mousses sèches, où l'amour était si émouvant.

Mais la règle était de ne pas recourir aux porteuses de caresses qu'après avoir enrichi le clan de trois quartiers de venaison. Là était d'abord le devoir. Et Doa partit.

Cependant, au sein des bois, le souci du désir la tenaillait obstinément sous sa courte vêture de peau. Elle était ardente et insatisfaite et pensait sans cesse à Adir aux mains et aux baisers plus doux que le miel. Aussi, le soir venu, rentra-t-elle les mains vides.

Elle avait trop rêvé de l'amour et pas assez à la chasse. Elle n'ignorait point la règle du clan, mais éprouva cependant un regret aigu en voyant que sa rivale Vaï avait tué et rapporté un sanglier. C'est que Vaï seule aurait droit ce soir-là aux joies offertes par Adir.

Mais, au milieu de la nuit, brûlée de désirs, le corps en sueur et agité de frissons convulsifs, Doa, n'y tenant plus, gagna, malgré les défenses, la grotte où se tenait la blanche créatrice de frissons. Un tison dans une cagette oblongue, brûlant avec lenteur parmi des broussailles fines et enroulées, jetait une clarté légère sur la forme robuste et velue de Vaï, comme sur la serpentine et luisante chair d'Adir.

Doa se jeta sur le lit de mousses en clamant :

« A moi, Adir ! »

L'âme des femmes était déjà, il y a trente mille ans, complexe et subtile comme de nos jours, car Vaï ne se plaignait point, ne saisit point sa massue contre l'intruse et se mit à rire doucement. Ce fut même elle qui s'élança pour accueillir la survenante, malgré la prêtresse, irritée qu'on sût retrouver sans elle les secrets du désir. Vaï accueillit donc Doa, répandit le plaisir en son cœur, l'émut comme frappe la foudre et s'en fit aimer.

Peu après, Doa et Vaï, des filles de la Louve, s'épousèrent même et ne voulurent plus de ce jour revoir les hommes.

2

A Babylone

Le Roi des Rois est enfin revenu dans sa capitale. Il a conquis le monde jusqu'aux rives de la mer Rouge, jusqu'aux monts arides du Caucase, jusqu'aux terres inviolées où la neige tombe même en été. Les richesses qu'il rapporte sont immenses et des troupeaux d'esclaves enchaînés suivent ses armées, dans le tumulte et la poussière, sous un soleil accablant.

Pourtant, le Roi des Rois n'est pas heureux. De la tour de son palais, à sept étages, tandis que la nuit tombe, il regarde avec colère la liesse de Babylone, la capitale du monde. Que manque-t-il donc au monarque tout-puissant ?

Rien, moins que rien, mais c'est tout à ses yeux. Debel-Ar-Ipel, la fille de ce roi des Lybiens, qu'il vainquit et tua de sa main, reste toujours insensible à ses caresses. Il a été doux ou brutal. Ce fut également en vain. Or, il aime. Il a même juré de sacrifier sa couronne s'il ne peut émouvoir la jolie fille blonde aux yeux violets, qui le regarde toujours avec un sourire de raillerie lorsqu'il veut lui prouver son amour.

Le Roi appelle Djemil-Rach, son ministre et conseiller :

— Debel-Ar-Ipel, étendue à deux pas, rit de ses lèvres écarlates et se moque des deux hommes attentifs.

— Fais-la violer par un nègre.

— Imbécile ! Pourquoi un nègre ferait-il mieux que moi ? Trouve autre chose ou je te fais couper la tête !

— Donne-la à un de tes eunuques, pour qu'il la réjouisse.
L'impuissance donne à ces hommes un étrange pouvoir.

— Soit !

On fait venir dix eunuques et on prie Debel-Ar-Ipel de
choisir celui qu'elle préfère.

Elle répond :

« Tous me dégoûtent. »

On renvoie les émasculés, non sans en pendre deux pour
l'amusement et parce qu'ils n'ont pas manifesté avec rigueur le
respect humilié dû par tous au Roi des Rois.

Le ministre parle maintenant à l'oreille du monarque :

— Sais-tu qu'au Temple de la Divine elles ont des secrets
pour émouvoir les vierges rebelles ? Certaines qui ont goû-
té aux délices de l'amour ainsi préparé, d'insensibles qu'elles
étaient, sont devenues insatiables et d'une lubricité extrême.

— Va vite chercher au Temple deux des plus expertes courtisanes sacrées !

Les deux prêtresses sont là. La chevelure de l'une est d'un
noir brutal et bleuâtre, l'autre s'orne d'une couleur fauve et
chaude qui rappelle le pelage des félins du Sud. Belles toutes
deux, elles portent des ceintures ocellées et leur quasi-nudité,
parfumée violemment, exhale un parfum aphrodisiaque.

Le Roi ordonne :

— Je veux vous voir attendrir celle-ci sans la faire souffrir.

— Pas devant toi, répond la prêtresse au poil sombre.

— Je suis maître et souverain de tout l'univers.

— Nos secrets d'amour doivent rester inconnus aux hommes, répond l'autre.

Furieux, le Roi des Rois regarde les audacieuses et hésite à les faire empaler sur-le-champ. Puis il tourne la tête vers Debel-Ar-Ipel, qui n'a jamais vibré devant son désir, qui n'a jamais palpité sous ses caresses, qui ne l'a jamais étreint dans un spasme de volupté.

Il dit :

— Qu'il soit fait selon votre attente ! Que devrai-je reparaître ?

— Nous t'appellerons.

Il sort, suivi de ses gardes et du ministre.

Alors, la femme semblable à une tigresse étreint Debel-Ar-Ipel dans ses bras ardents, souples et voluptueux.

L'étrangère veut se défendre, mais que fait-on devant deux fille de la Divine, dans Babylone, lorsque votre corps, tous les lieux où l'émotion amoureuse se cache sont possédés en même temps par une incroyable et presque magique emprise d'amour ?

La rebelle se tend, résiste, serre les dents, mord ses belles lèvres, puis capitule, renonce, s'abandonne.

Et bientôt le délire de la possession l'angoisse voluptueusement, la joie lui secoue les nerfs, l'écartèle, la fait crier.

Le Roi entre.

— Il ne tient qu'à toi, dit la prêtresse sombre, de la voir

toujours émue comme en ce moment.

— Que me faut-il faire ?

— Devenir femme comme nous. N'es-tu pas le Roi des Rois, qui peut tout ?

— Hélas ! dit le monarque, je préfère renoncer à elle et l'offrir au Temple où elle priera avec son corps, comme vous faites. D'ailleurs, depuis que je l'ai vue si passionnée, j'ai cessé de l'aimer.

3

Les Amazones

Au bord du fleuve qui se nomme le Thermodon, les amazones ont planté leurs tentes. Attachés aux piquets par des longes de cuir tressé, leurs chevaux broutent l'herbe rare. Le soleil se lève aux lointaines roses. La plaine s'étend très loin jusqu'aux monts violacés où habitent les ennemis : les hommes.

C'est jour de liesse et de divertissements dans le camp des femmes guerrières. Elles ont, la veille, défait et chassé une troupe de pillards. Dix d'entre eux, pris et soigneusement attachés, vont être suppliciés tout à l'heure. Ensuite, on concourra à celle qui le mieux fera pâmer et demander grâce à l'amazone offerte à ses caresses. Puis Thomyra, que le sort a désignée, ira rejoindre, avant qu'il ne soit pendu, le dernier captif, le plus robuste. On donnera à l'Amazone une heure pour émouvoir et faire un mâle de cet inconnu, qui devra la féconder, faute de quoi Thomyra, dans trois mois, sera chassée de la cohorte guerrière, car c'est ainsi, avec des hommes de hasard exécutés ensuite et qui ne sauraient donc exciter à l'amour, que les Amazones perpétuent leur sang, leurs ardeurs sauvages et leur insatiable soif de liberté.

Thomyra est l'amie et l'amante de la belle fille qui se nomme Penthésilée, et elle craint de perdre une affection qui lui est chère, si elle devient grosse des œuvres du captif.

Mais la règle est inflexible, et Thomyra, sans sa tête basse, étendue nue et triste sur un de ces tapis çà fleurs que tissent les femmes d'Arménie, pleure sur son sort mélancolique.

Mais voici Penthésilée. Elle entre en faisant sonner sur sa ceinture de métal un large coutelas courbe. Nue aussi, sauf cette parure belliqueuse, elle étale son sein gauche au mamelon coupé et secoue des boucles courtes sur sa tête fière.

— Adieu, Thomyra !

— Ne m'abandonne point, Penthésilée !

— Tu vas être un homme. Ô ma chérie, que puis-je pour toi ? Un homme te communiquera son odeur de bouc, et nos caresses, nos étreintes, nos étranges baisers ne renaîtront plus.

— Penthésilée, pourquoi aggraver ma peine ? Est-ce que Bradamante, fécondée par un Grec, Drusille, qui eut un fils de son contact avec le Scythe Henmar, Audêlé qui enfanta d'un Licule, n'ont pas retrouvé ensuite l'amour de leurs amies, Téléthuse, Pandora et Gyrine ? Pourquoi l'amour ne renaîtrait-il pas aussi entre nous ?

— Jamais, Thomyra ! Je hais l'homme, j'en ai tué des centaines, je n'ai appartenu à aucun. Le sort m'a désigné comme toi pour la possession d'un Egyptien, j'ai préféré le tuer.

— Et si moi, je tue l'étranger ?

— Tu resteras la douce amante que j'ai tant aimée et désire aimer encore. Mais tu sais que, depuis mon aventure, l'Amazone qui met à mort celui à qui le sort la dévoua doit être tuée à son tour.

Thomyra regarde âprement Penthésilée. Son regard soupèse cette forme charnelle, ces seins écartés et pleins, ce torse bombé où les baisers s'égarent seuls, ces cuisses longues, puissantes, qui défient à la course la gazelle et le cheval sauvage. Elle admire les bras forts, aux muscles rigides et gonflés. Non ! elle ne renoncera pas à tout cela, qui reste l'ambroisie de toutes les félicités. Et elle ne veut pas mourir.

L'heure est venue pour Thomyra sous la tente où elle déliera l'homme et devra le posséder. Les Amazones sont toutes là, bombant avec des rires lascifs leurs poitrines tendues. Car elles détestent l'homme, mais évoquer sa lubricité les excite, les enchante et les ravit.

Calypso, la reine du magnifique troupeau de femmes presque toutes vierges, salaces et brutales, mène Thomyra jusqu'à la porte de la tente.

L'Amazone lève la porte de cuir et disparaît.

Irritées par ce qu'elles croient deviner, des Amazones s'enlacent par couples et s'allongent sur l'herbe en mâchonnant voluptueusement des feuilles de menthe. Un vent de folie souffle. On entend des plaintes douces, des roucoulements de colombes humaines, et des chairs apparaissent, des bras s'ouvrent, des lèvres s'apposent à d'autres lèvres.

Penthésilée, seule, songe à son amour détruit. Mais, soudain, un cri résonne dans la tente, puis des lamentations. Thomyra, les pommettes enflammées, sort brusquement et regarde ses sœurs. Elle rit convulsivement, puis va droit à Penthésilée :

« Ô chérie, regarde !… »

Elle montre son coutelas de hanche ensanglanté. Je n'ai plus à craindre de te perdre, ni qu'il me prenne…

Elle enlace son amie :

« Car, sans le tuer – et en cela je respecte nos usages – je lui ai enlevé le droit de se prétendre un homme ! »

DEUXIÈME PARTIE
JADIS

1

Corinthe

C'est le jour des prostitutions sacrées. Corinthe, heureuse, est pavoisée. Des banderoles flottent au vent partout, portant peintes les formes sexuelles qu'en ce jour la ville, dévouée à Aphrodite, honore comme les premières formes des dieux.

Dans les rues, les vierges nues défilent en chantant un hymne à Bakkhos, dieu de toutes les joies sur terre. Certaines portent sur la hanche des roses qu'elles offrent aux beaux garçons en leur adressant la parole rituelle :

« Puisses-tu être heureux ce soir ! »

Car, dès le crépuscule tombant, à l'heure où le soleil se couche derrière le palais des Archontes, les prêtresses du Temple de celle dont le nom est sacré recevront et satisferont sans répit hommes et femmes jusqu'à l'aube de demain. A chacune devra être remise une pièce de monnaie, et selon la valeur des dons ainsi recueillis, on saura celle que la déesse Aphrodite préfère et celles qu'elle répudie. On saura aussi et on révérera les courtisanes sacrées ayant réjoui le plus grand nombre d'hommes ou de femmes. Et leurs noms, gravés sur le marbre, seront conservés pour la postérité.

Les prêtresses peuvent choisir de donner de la joie aux mâles ou à leurs pareilles. Il y en a toujours bien plus pour les hommes, qui sont aussi plus nombreux, car il en vient de tous les bords de la Méditerranée, afin de jouir à Corinthe d'un jour si admirable, et on en cite qui, durant la nuit glorieuse, ont pu connaître dix-huit femmes. On nomme aussi des femmes ayant pu émouvoir quarante-cinq hommes.

Le soir venu. La religieuse orgie commence. Pamphyla est dans le quartier des femmes, car, vierge, elle redoute l'autre sexe.

La première qui vient la voir se nomme Labda. Elle s'en va vite, car, insatisfaite, il lui faut recourir maintenant à son amant Thesmos. Ensuite vient Megalypé, qui a pour époux un grand poète, par malheur impuissant. Puis, c'est Thespia, Agathé, Bacchylis, Demodoce, Ibykia, Lauredine, Chrysida, Épitropé, qui fait de beaux vers, et frétille en amour comme une truite prise au filet. Et voilà Ephora, Athénis, Glaucé, Lambanisse, Délia qui se suivent en haletant de désir.

Pamphyla a des moyens étonnants. Elle devine comment faire jaillir le plaisir des beaux corps qui se présentent. Habile et douce, attentive, experte et souple, elle est partout à la fois, fabriquant de la pâmoison comme le pressoir fait de l'huile. Toutes agonisent de délices entre ses mains. Lorsqu'elles ouvrent les yeux à la vie, ayant cru mourir de joie, Pamphyla les renvoie avec grâce. A chacune elle promet un souvenir éternel et montre en signe de lassitude, les gouttelettes de sueur qui suintent entre ses seins droits ou à ses aisselles.

Toutes sont heureuses, et leur démarche alourdie, lorsqu'elles partent, témoigne de l'emprise divine de celle qui préside aux jeux de l'amour.

La nuit s'avance. Pamphyla a reçu bien d'autres jolies femmes, épouses de magistrats, d'eupatrides, de chefs, d'avocats, de savants. Elle est maintenant un peu lasse, mais l'aube n'est pas loin.

C'est alors qu'entre dans la chambre lambrissée de cèdre une femme trop belle qui sourit à la prêtresse.

Elle dit :
— Aime-moi !
Mais Pamphyla s'est jetée à genoux et s'écrie :
— Ô Déesse, je te reconnais ! Que puis-je pour toi qui es toute jouissance et tout amour ?
Et la souveraine Aphrodite, lui passant la main sur le front répond :

« Ô Pamphyla, tu m'as donc reconnue ? Eh bien, nulle de celles qui se font aimer des hommes ne sera plus glorieuse que toi au lever du jour. J'enverrai cent femmes encore, et elles vibreront sans que tu les touches. Et tu auras d'elles un trésor. »

Ceci advint, durant le mois qui suit les hécatombes, et ce fut la seule fois à Corinthe où une prêtresse aimée des femmes reçut la palme et devint pendant une année, la souveraine incarnation du désir d'amour.

— OCynthia, pourquoi donc as-tu les yeux cernés et la dé-marche si lasse ?

— Vraiment, je ne sais.

— Tais-toi, petite fille ! Tu roules les hanches comme une amante gorgée, et pourtant insatisfaite d'amour.

— Ne te trompes-tu point, ô ma mère ?

— Que non ! Tu as les regards humides d'une qui pense sans cesse à son amant. Je veux savoir la raison de cela.

— Il n'y en a point, je pense, sinon que les dieux l'ont voulu ainsi.

— Oui, da ! Où étais-tu ce matin ?

— Par Aphrodite, je me suis rendue chez notre voisine Sapho.

— Et que fîtes-vous ?

— Elle m'a lu de très beaux vers.

— Cynthia, ma chérie, dis-moi de quoi parlaient ces vers ?

— De moi seule.

— Sais-tu qu'elle en fait aussi de très beaux à Mnasidiké, notre voisine ?

— Oui, mais c'est moi qu'elle caresse.

— Ah ! Ah ! c'est toi qu'elle caresse ! Voyez comme elle nous dit cela ! Et tu penses que tu es seule à connaître les caresses de Sapho ?

— Elle me l'a juré.

— Je comprends maintenant pourquoi tu as sous les paupières ce cercle bleu et la raison de ta démarche languissante m'apparaît. Cynthia, tu joues à l'amour avec Sapho ?

— Elle m'aime.

— Mais, sotte, elle aime toutes les belles filles de ton âge. Elle les caresse toutes, elle leur apprend mille choses lascives et perverses.

— Serait-ce coupable, ô ma mère ?

— Cynthia, les dieux seuls savent choisir entre les actes humains ceux qui sont coupables et ceux qui sont innocents. Puisque Sapho existe, c'est qu'ils lui permirent la vie, et de faire connaître son amour, et de le répandre, mais cela pourtant ne fait pas mon affaire.

— Pourquoi donc cela ?

— Parce que le berger Glaucos voudrait t'épouser. Il me l'a dit. Sais-tu, ma fille, qu'il possède plusieurs troupeaux et de biens, et une terre fertile près de la route du port, à Méthymne ?

— Je ne veux point épouser d'homme.

— Epouseras-tu une femme, ô sotte ? Ne sais-tu pas que, demain ou dans un mois, Sapho en aimera une autre que toi ? C'est une poétesse, et sa fureur amoureuse s'accroît par ses chansons. Elle se développe aussi dans ses perpétuels changements.

— Pourrais-je même dire toutes celles qui passèrent dans ses bras ? Elle est ardente, mais peu fidèle. Déjà, elle fait des yeux doux à Ermina, la blonde fille du marchand de cuir, près du promontoire d'Eryx. Allons, Cynthia, épouse Glaucos !

— Me permettra-t-il d'aller voir Sapho ?

— Hé ! triple fille de Lesbos, il sera Sapho elle-même, s'il te plaît ! Crois-tu qu'un homme soit si mal fait que les plaisirs que tu poursuis lui soient étrangers ?

Par le Forum, des lumières vont et viennent. On entend des claquements de sandales sur les dalles, avec les commandements et les rires sortant des litières obscures. Le pas des soldats qui veillent dans les voies attenantes sonne par moments. Leur semelle de bronze avertit les rôdeurs, le glaive leur tinte sur les jambières. La paix règne, d'ailleurs, sur la capitale du monde.

Mais c'est la nuit où l'on doit fêter la bonne Déesse, au temple du Grand Pontife, qui depuis peu se nomme Caïus-Julius Cæsar.

Les fêtes de la bonne Déesse ne comptent que des femmes. Nul homme n'y est admis. Voici peu d'années, la célèbre Clodia y introduisit pourtant son frère Clodius déguisé en femme. Hélas ! le déguisement ne put éviter la mise à l'épreuve par une servante de la Regia. Là où elle croyait trouver une femme, elle découvrit donc un mâle, et ce fut un scandale qui n'est point encore oublié.

Certes Clodia ni Clodius n'eurent à en souffrir. César lui-même, bien qu'il ait répudié sa femme, complice de l'amusante aventure, était loin d'avoir trouvé là motif à aucune colère. Il aimait tout ce qui émeut les nerfs des femmes et y trouvait de salaces encouragements à ses vices que l'indulgence unanime. Toutefois, le déguisement de Clodius se trouvait devenir une affaire politique, d'où la répudiation. Et c'était, cette année-là, la première fois que sa nouvelle épouse présiderait les fêtes de la bonne Déesse. Il espérait que tout se passerait sans nouvelle aventure.

Or, une à une, les litières portant des femmes demi-nues, ou tout à fait nues, sous une mante de laine, entraient chez le Grand Pontife. Les litières se rangeaient à droite, près du Temple des Vestales, sous la surveillance de quelques légionnaires. L'intérieur de la Regia, résidence du Pontife, était un lacis de couloirs réunissant de vastes salles circulaires, et dans l'une d'elles cinquante femmes s'amusaient de leur nudité. Au fond, vers l'orient, se trouvait l'autel de la bonne Déesse, avec deux colombes égorgées et un nuage d'encens flottait autour de la pierre sculptée.

Sur d'épais tapis partout répandus, les femmes s'étaient cependant assises ou étendues. Il y avait là des épouses de consuls et d'imperators, ainsi que des héritières des plus grands noms romains, comme la veuve du dernier grand-prêtre.

César y eût reconnu vingt masques autoritaires auxquels se soumettaient les princes du Sénat et les proconsuls. Certains corps étaient admirables ; d'autres, les grâces s'infléchissaient sans cesser d'être fascinantes ; toute la grandeur romaine s'y trouvait donc représentée par des femmes fières d'elles-mêmes et de leurs désirs.

Et sans nulle honte, car c'était là non pas une débauche, mais un rite religieux, inspiré des dieux et sauveur de la cité, les femmes s'embrassaient, se divertissaient, s'égayaient, à deux ou à trois, un peu partout, dans la vaste salle éclairée de cent lampes odorantes, qui donnaient, avec leur lumière, une pénétrante odeur de musc.

Mais Sempronia, qui était connue pour la liberté de ses mœurs, son audace et sa décision, réclama soudain :

« Drusilla ! »

Drusilla, célèbre disciple de Sapho la Lesbienne, s'élança en riant vers celle qui l'appelait. Pourtant on la retenait partout en criant, parmi les rires :

« Moi d'abord, moi la première ! »

Sempronia cria pus fort :

« Drusilla, j'ai soif de toi, mais confie celles qui te désirent à Scaura, qui sait aussi donner du goût, de la douceur et du piment à ses enlacements. »

« A moi Drusilla ! cria la femme de César, plus nue, en vérité, pas sa posture que les autres. »

Ce fut un assaut fou, où tous les corps se mêlaient. Mais il y eut aussi celles que le désir tenait immobiles et qui ne savaient comment le satisfaire.

« Tant pis ! dit Clodia, enfiévrée par les contacts hâtifs de Scaura, que dix femmes de sénateurs se disputaient maintenant, je n'y tiens plus. Qu'on aille me chercher un homme ! »

Toutes restèrent effarées devant la demande sacrilège. Mais Metella, fille de celui qui, depuis, fut consul, étant allée jusqu'à la porte en riant, revint en sautant comme une chèvre :

« Clodia, dit-elle avec des soupirs de gaîté désordonnée, Clodia, il n'y a pas d'homme à la porte, mais si tu le veux, il y a un petit âne ! »

TROISIÈME PARTIE
NAGUÈRE

1
Chez le sultan

Le Sultan Schahriar huma une gorgée de café, puis dit :

« Pouah ! »

Scheherazade regardait avec anxiété le maître de sa destinée dont les yeux troubles flottaient sur une face lourde et barbue de gris. Allait-il faire tinter de son poignard la clochette qui appelle le bourreau ? En ce cas, c'est en vain que, durant plus de mille nuits, elle aurait conté des histoires délicates à cet homme dur. Et sa tête blonde tomberait sous le cimeterre de Mahmoud, chef des supplicieurs.

Elle écarta un peu ses longues jambes repliées, qu'une étoffe transparente de mossoul montrait comme si elle eût été nue. Elle sortit subtilement son sein gauche, dont la pointe carminée fixa un instant l'attention du sultan, puis elle dit :

— Que mon Seigneur veuille condescendre à entendre encore l'histoire de Fraise des Bois et de la fée qui caresse les filles ! Avant l'aube, sans doute, aurai-je su – Dieu est grand ! – adoucir les soucis et les ennuis du Maître !

— Parle, dit Schahriar, mais il me semble que le lever du soleil – loué soit Dieu ! – sera deux fois sanglant !

Et Scheherazade, tremblante, ayant fini de dénuder son torse et abaissé, pour qu'il plût au sultan d'en contempler les grâces, sa culotte de soie safranée, commença en ces termes :

« La fée qui aime les filles vivait au temps du sultan Achmet-ed-Din, que Dieu ait en sa garde ! On lui avait prédit, à sa venue au monde, qu'une seule partie d'elle, pour peu qu'un homme y posât les lèvres, était propre à la faire mourir. Après que son père eut consulté Tolbas et Muphtis, il fut acquis alors que cette partie était la bouche de la fée et il lui fut interdit de s'approcher des mâles, qu'ils fussent laids ou beaux, jeunes ou vieux, amoureux ou hostiles. La fée, surnommée Douceur-de-Miel, vécut donc parmi les filles et les aima.

Comment dire les délices que connut Douceur-de-Miel dans le harem paternel, où les adolescentes de toutes races florissaient avec le seul et unique besoin de parler d'amour ? Elle y connut le baiser de la mésange et celui des fleurs-qui-parlent, les caresses de la panthère noire, du papillon mangeur-de-roses et de la gazelle aux yeux bleus. Elle pâma sous les amoureuses délices que répandaient en son âme les sultanes et les esclaves, toutes désireuses également de lui donner le sceau du divin plaisir.

Mais jamais aucun homme ne l'approcha et elle ignorait même qu'ils existassent.

Cependant, vivait non loin du palais un adolescent frais et tendre comme un brugnon et qui, à force d'entendre parler de Douceur-de-Miel, finit par l'aimer.

Et, ignorant le sort maléfique qui régnait sur l'amoureuse fée adorée de ses compagnes, il se déguisa en fille pour pénétrer dans le harem royal.

Il y parvint et se trouva enfin dans la salle des Lionnes, aux marbres verts et aux colonnes de cèdre, devant la jeune fée mélancolique.

Elle lui dit :

— Ô inconnue, d'où viens-tu et comment se fait-il qu'à te voir mon corps s'ouvre et tremble ?

— C'est que je t'aime, repartit Fraise-des-Bois.

— Viens donc m'aimer, cria Douceur-de-Miel, en déroulant les chastes écharpes qui voilaient sa beauté. Je sens que je t'appartiens.

Fraise-des-Bois eut envie de poser sa bouche sur celle de la jolie fée, mais ce corps savoureux comme un fruit, pareil à un lys et à ce que Dieu créa de plus harmonieux, l'attira autrement.

Et la fleur qui reçut son baiser, sur le corps de Douceur-de-Miel, fut celle même où la destinée avait attaché la vie de la fée, qui connut le plaisir, et mourut... »

Scheherazade se tut, mais Schahriar, avec un sourire, conclut :

« Heureusement que ce mauvais sort ne pèse point sur les sultans, car j'eusse connu déjà bien des agonies. »

Et Scheherazade comprit qu'on ne lui couperait pas encore la tête ce matin-là.

2
La Cour (1757)

« Le roi, messieurs ! »

Au long de l'allée centrale menant vers un délicat cabinet de verdure, les courtisans se rangèrent prestement. Il y avait là, sous des habits magnifiques, aux couleurs violentes et douces passementés d'or, brodés et rebrodés, des femmes à soixante quartiers et des rôdeuses, des marquis, des valets, des mouchards et des fils de roi.

Tous les hommes se découvrirent. Les perruques frisées s'étalèrent au soleil, encadrant des faces moites et attentives. Les femmes préparèrent leur courbette, tenant la jupe à paniers de chaque côté des hanches et pliant déjà le genou. Une coquine aux yeux galants délaça vite alors son corsage, afin que, durant sa révérence, ses seins pussent en sortir et son corps se dénuder seul jusqu'au ventre. Elle était au premier rang et on savait le roi las, difficile à enflammer, plus difficile à satisfaire. Mais que ne tenterait pas une candidate aux faveurs de sa Majesté ?

« Le roi !… Le roi !… »

Le silence se fit brusquement. Les têtes commencèrent de s'incliner. Un chambellan passa, vêtu d'écarlate, avec un regard aigu aux deux rangs de curieux et de courtisans.

Puis ce fut un couple de valets armés.

Et le roi.

Il était grand, sombre, fatigué et magnifique. La lippe ancestrale alourdissait sa bouche. Le nez courbe était noble et vraiment royal. L'œil net étudiait toutes les faces inclinées.

Il passa, le jarret cambré, la taille rigide, mais, devant la femme aux seins étalés, eut un regard incisif, un demi-sourire.

Vingt courtisans guettaient toutes les impressions du visage dominateur. Rapide, un duc s'était déjà rapproché.

Le roi, sans perdre une ligne de sa grandeur, sans presque bouger les lèvres, demanda :
— Cette femme, à droite, devant le comte de Duras ?
— Venue de sa province pour attirer les regards de Votre Majesté.
— L'air vicieux, certes !
— Aux ordres du roi de France. Lesbienne, dit-on toutefois.
— Je la voudrais voir avec Mme de Choisy.
— Ce serait fait.
— Tout de suite. Dans le cabinet de verdure.
Le courtisan s'inclina, fit un pas de côté, se trouva devant un homme froid qui attendait, pour les exécuter, tous les ordres possibles.

Un coup d'œil sur la femme toujours attentive qui devine son heure venue. Deux mots :

« Au cabinet de verdure, dans deux minutes, nue, et jouant

à l'amour avec Mme de Choisy. »

L'autre se penche vers la femme, lui donne un ordre. Elle sort des rangs sans qu'on le remarque et cour, se délaçant à mesure.

Mme de Choisy est à dix pas. Impériale, elle cherche à la fois des victimes et des amitiés chez les assistants. C'est la reine de Lesbos à Paris. Elle a détourné de leurs devoirs cent épouses passionnées, elle a une villa défendue par des eunuques, comme un pacha, où elle reçoit et initie des vierges à l'amour féminin.

Elle suit un jeune homme, bâtard du feu régent de France, qui lui a transmis les ordres. Et ses mains tremblent de désir. Son vice, elle l'a satisfait jusqu'ici partout, mais jamais durant une réception à Versailles et sous les yeux augustes de Sa Majesté !

Trois minutes après, à l'entrée du cabinet de verdure, le roi Louis le Bien-Aimé, quinzième du nom, les yeux vifs et la bouche crispée, contemplait deux femmes nues qui se divertissaient sur la mousse. Le soleil jetait à terre des ronds d'or. Des deux corps, l'un était clair, l'autre sombre. On entendait dans le silence des halètements et de petits cris…

Et cent têtes penchées, à distance respectueuse, s'efforçaient de saisir un fragment du délicieux spectacle, une jambe, un bras, une croupe, une tête aux cheveux fous…

QUATRIÈME PARTIE
AUJOURD'HUI

1
Londres

Mabel Smith est une fillette maigre et douce, assouplie par la misère à toutes les concessions de pudeur. Il y a quelques mois, elle se promenait dans les passages innombrables et généralement peu éclairés, qui réunissent à la façon moyenâgeuse toutes les artères anciennes du centre londonien.

Elle disait, lorsqu'un passant, seul et cossu, la frôlait :

« Je le ferai pour un shilling la cabriole, sir ! »

Et six fois sur dix, elle recevait un shilling.

Alors, elle se plaçait devant un mur et, retenue par les mains au sol, levait brusquement les jambes en l'air. Sous la jupe, elle était incontestablement nue…

Ensuite, elle erra dans Hyde-Park et vint modestement s'asseoir près des messieurs solitaires. Peu à peu, on se rapprochait et on échangeait des amitiés. Mais les policemen avaient interrompu ces amusements ingénus. Et Mabel Smith, sans moyens de vie, s'était ensuite engagée dans la troupe des *Marvellous Sisters* où elle gagnait, dans un music-hall des faubourgs, cinq livres par semaine. Elle avait appris pour cela à faire le grand écart, à se trémousser de l'arrière-plan sur un rythme nègre, enfin à simuler l'amour avec les autres adolescentes de la troupe.

C'est qu'en effet le manager des *Marvellous Sisters*, afin d'être bien assuré que les jeunes filles de sa compagnie ne le quitteraient point pour des hommes, fussent-ils baronnets, voire vicomtes, et naturellement lords, tenaient à ce qu'elles s'aimassent entre elles.

Mabel Smith trouva cela très normal au début. On doit obéir à qui vous paye. C'est la loi, et la honte ou le péché ne viennent qu'ensuite. Elle s'était donc divertie sans mal y voir. Mais les flammes de l'amour damné avaient peu à peu pénétré sa chair et elle chercha longtemps la femme qui satisferait sa soif inépuisable d'amour parfait.

Rosy Bonmar était exquise, mais si frêle qu'elle se consuma de passion interdite et mourut. Séléné Paddigton quitta Mabel pour un *horseguard* de six pieds qui jouait de la cornemuse, et même la Française Jeanne Dolcès ne voulut rester avec Mabel Smith.

Car l'ancienne danseuse des *Marvellous Sisters*, devenue Mabel, l'étoile de cinéma, vêtue désormais en homme et portant une cravache, prétendait soumettre les femmes par la force et les attachait à un chevalet pour les caresser.

Un jour, pourtant, elle s'amouracha d'une Russe de Crimée qui, après les expansions les plus audacieuses, dit en reprenant son sac à main :

« *Lovely*, je vous aime fort, mais ce qu'on aime on ne veut plus que ce soit à personne… »

En prenant un browning mignon, elle tua gentillement la charmante Mabbel Smith, la première des dames de Lesbos à Londres, voici trois ans.

2
Hollywood

Los Angeles, la cité des anges gardiens, s'étale doucement dans sa verdure et sous son ciel mordoré. Il y a là-bas, à Holywood, des studios magnifiques et prodigieux où se font des films qui enthousiasment les cinq mondes. Là, des figurants par vingt mille, des *rois* de l'écran par douzaines, et des *stars*, toutes plus belles que les plus belles, recréent l'âme même que l'Amérique et de la civilisation moderne, sous des lampes éblouissantes qui ne laissent pourtant apparaître sur les bandes que l'essentiel de la perfection. Ethel Ether n'est pas allée au studio ce matin. Elle est nerveuse. Elle désire un peu d'amour. Elle se souvient, avec une sorte de crispation interne, des baisers irritants comme des piqûres, que lui offrit, voici huit jours passés, la brune Lina Falerni. Où retrouver le calme sinon dans quelque enlacement semblable ? Mais Lina Falerni est partie à San-Francisco. Que faire, Seigneur mon Dieu, que faire ? Soudain, on toque à la porte.

« Entrez ! »

Ô joie ! c'est Ida Pestherly, la Hongroise.

— Ida, viens près de moi ! J'ai la fièvre.

Mais Ida montre la porte :

— Chérie, le garçon est là qui veille. Il nous surprendrait et nous irions en prison.

— Sortons donc ! Allons chez Lagougne, qui a reçu des

alcools !

Voici la loggia chez Lagougne, une Parisienne qui tient un bar clandestin. On est bien. Il y a du champagne, on se serre les mains, on…

Lagougne, qui regarde par le trou de serrure, entre en hâte :

« Mes poulettes, pas de ça chez moi. Il y a quatre constables dissimulés dans des cachettes pour surprendre les amants. Et vous, c'est plus grave. On ne peut même pas vous marier… »

Elles s'en vont, les nerfs à vif, la peau chaude, les doigts pleins de titillations.

Lagougne respire :

« Si, au moins, elles avaient donné les cent dollars au chef de police ! Car, sans ça… »

Ethel Ether et Ida Pestherly ont gagné la partie sauvage du jardin public. Peut-être ici ?…

Non ! Ida montre à Ethel un homme qui les guette : Josnah Plattsborough, du Ku-Klux-Klan. Il les ferait enduire de goudron et rouler dans les plumes, puis elles devraient courir ainsi dans la sierra jusqu'au Mexique, car Josnah Plattsborough, boss des élections californiennes, est un homme pur. Elles se sauvent, avec des envies féroces de se dénuder sur place et de s'offrir aux juges dans une crise d'impudicité.

Mais une idée leur vient :

« La voiture ! »

Voici la *Buick* d'Ethel Ether. Elles y sautent et on démarre.

Enfin, seules ! Elles iront loin pour trouver enfin à s'aimer.

Toutefois, sans qu'elles s'en doutent, un policier motocycliste a enfourché sa monture d'acier. Il suit de loin…

La route cimentée est admirable. On roule à soixante milles. Ethel, malgré le risque d'un coup de volent fâcheux, offre sa bouche à Ida qui s'y rue. Et, le pied sur l'accélérateur, Ethel, vibrante, croit entrer au Paradis.

Brusque, un bruit de moteur qu'elles n'entendent point monte au niveau du siège de direction, et exactement à la même vitesse que la *Buick*. Le policeman sort un carnet à souche de sa vareuse kaki, puis demande sèchement, mais d'une voix qui s'entend avec rigueur :

« Si vous voulez payer l'amende tout de suite, c'est quarante dollars… »

Cela dit, il tourne un peu la tête pour ne pas être tenté par le péché, et afin de ne plus voir l'intimité de ces deux femmes aux jupes courtes.

— Cent dollars si vous n'avez rien vu ! crie Ida, furieuse, en prenant ses seins tendus qui lui semblent de cuisants fardeaux.

— *All right* ! répond l'homme de police, mais jusqu'à six heures seulement !

Et trois minutes après, Ethel Ether et Ida Pestherly, sur la route sèche et devant la sierra désertique, ont enfin la permission – pour trois heures juste – de s'aimer à merci…

3
Paris

Vêtue en homme, chapeau mou, veston droit, col droit, jupe déjà moins ample qu'une culotte de golf, Harriette de Sonny, la fameuse poétesse, va à un rendez-vous. C'est la grande étoile de Lesbos à Paris. Elle a publié des livres connus dans le monde entier, elle atteint la cinquantaine, et ses désirs s'exaltent avec fureur au début de chaque été. Alors, elle se met en chasse. Il lui faut des jouvencelles tendres, éduquées, musiciennes, qui sachent goûter sa littérature. On en trouve, mais pas assez. A cette heure, Harriette de Sonny va donc à un rendez-vous avec une toute nouvelle romancière qui vient de publier un livre exquis : *Embrasse mon âme.*

Cela se passe aux Champs-Élysées. Voici la rue Marbeuf. La maison est belle. Harriette entre, monte allègement. N'est-elle pas une sorte d'homme, elle qui répudia de longtemps les timidités féminines ?

Elle sonne. Une servante ouvre. Bien jolie et délurée, la soubrette ! La jeune romancière devra la renvoyer sans délai, car Harriette est jalouse.

Le salon. Des meubles charmants, des tableaux, des tapis, des porcelaines, des livres d'un modernisme exalté.

Et dans ce décor, la douce écrivain, qui est jolie, curieuse, l'air viril et des muscles apparents partout, car sauf une jupette pareille à un pagne, elle est nue.

Sans hésiter, Harriette l'imite et s'assoit à son côté.

Des mots, des caresses légères, des déclarations affectueuses, des…

Mais, à un geste précis d'Harriette, la poétesse sursaute et se lève…

Horreur ! Mme de Sonny a devant elle, pour la première fois, non point une femme, mais un homme ! Elle va fuir…

Mais il est trop tard. L'homme est vigoureux. Il plie l'ennemie de son sexe, la domine, la vainc :

« Madame, dit-il alors, avec une politesse exquise, souffrez que je vous fasse connaître l'édition originale d'un divertissement que depuis si longtemps vous plagiez… »

Table des matières

ISBN ebook : 9782512008736

ISBN papier : 9782512009931

Dépôt légal : D/2018/12603/180

Couverture : © Hélène Massart

Conception numérique : Primento, le partenaire numérique
des éditeurs